席地而詩

書法—何景窗—詩

新版序一

二〇二〇年武漢肺炎爆發，全球陷入封城，疫情在短短三年之間，帶走數百萬的生命。被視為二次世界大戰以來，最嚴峻的全球社會與經濟混亂。二〇二三年，世界一點一點地恢復秩序。存活下來的人，注射了一劑又一劑的疫苗，暫時是體內的免疫能力，卻像是接種了一種新的程式在身體細胞裡，有的併發症是屬於器官，有些是精神性，屬於未知的則是隱藏著，尚未有進一步答案。

在這個時空背景下，看著口罩限購發生和結束，居家隔離，街上幾乎淨空，疫苗排隊，每日疫情記者會。噴灑酒精清消、測量體溫，一種末日感油然而生，但是我還在，我便相信著人類在重大災難時刻，不分族群的輸出互相拯救。雖然也許是建立在經濟互惠上的。

這段時間我寫詩，寫生活，帶著一點感激。居隔的孤獨感幸好有詩，使我在無處可去的時間，存在一點生產力。我放大的感官仍有能力透過網路抒發，與得到共鳴。

此次的再版新增十六首詩，標題命名為「自帖」，以增厚的形式延伸「席地而詩」。自帖諧音字帖，時常有人問我，是否出版自己的字帖？我感到很羞怯，也沒有這樣的雄心讓人以我的書法為習字的階段。我想我的詩集即是我自己的帖，不抱目的的分享創作並聽其回饋，在本質上，接近我的個性。

自序一

這本詩集收錄的寫作時間很長，自二〇〇二至二〇一七，回頭一看，近十五年的縮時，橫越的生命簡史，多半回憶到的是沈重難以呼吸的時刻，背景是絕望，冀求一點光而寫。頻繁苦澀的詩人，生活節錄得像一本晢亮的詩集，非常矛盾。是的是阿，樂觀是來自悲鳴地自娛，在兩手的掌尖敲打或握筆，靜一齣小小的景物像、心之鏡像。

目錄

輯一

留了一扇窗——一個詩人的活著

一個詩人的活著

一個詩人的活著
像一顆花生
去殼之後
再去皮就只能被吃掉
沒有種子可留

一個詩人的活著
在分分鐘之間
被句子撓癢
一輩子就好像
過動症喚著
咯咯咯地敲打
段落

藍色

風掉的時候
妳都在
小小微笑
好像似告訴著
沒關係
一個氣球
飛在天空

白色

又失眠了
長長的夜足夠遠了
足夠想起妳
的鞋子

紅色

六月
數著花瓣
有一朵屬於妳
有一朵不是妳
飛快的熱氣
醺上了我
的臉

相思始覺海非深

對於暈眩
甚至有點想念
對於暈眩
究竟是怎麼回事呢
是酒的醺然
還是心理依賴
懷念酒後
卻無法回頭再酒

1個漩渦的威士忌吧

點了一杯泥煤漩渦
一口氣喝完
的話
整條街
會是一條走不出去的渦線喔
應該早一點開始寫詩
可能是音樂不對
冰塊溶盡
花式調酒想加點喔
不想扶著醉倒的牆
水籠頭變瘦的水流
手機裡有住貓喔

天氣好就不在家

貓咪在鴿子舍
樓下睡覺
貓咪就是這樣
把鴿子的家
寫成自己的家
鴿子就是這樣
天氣好
就不在家

幻想聽貓讀詩

並不總是和顏悅色
並不總是苦或卑微
並不總是丈量力距去對話
或調適體重
並不總是費盡力氣去不懂
或懂
可以黑的除了無月之夜
還有伏在兩手間沉睡

屋頂

好厲害的晚上
酒後
亞森羅蘋能掀開屋頂
在眾多美麗的月形之間
不做選擇的

吻上它的臉頰
踏著它的餘光走路
嘿嘿你去哪裡？
他說道，比較好的確是
掀開的屋頂裡
有一隻陪睡的貓

月

白色的大衣被取走
黑色的大衣
倏地掛上
靜謐中
一顆鈕釦　在發亮

黑

太陽已沉
星星　也關掉
留下一片薄幕
不為什麼的四周

暈

兩個
月亮與太陽
一前一後
是影子　或者
正確焦距下
結的果子

雨

億萬顆星星被擊落
像是眼睛看中的花蕊
昏倒在地面
反射一片水紋

陽

側耳聽露水的腳步
漸次密集
聚會在綠脈上
囓咬著
昨日的葉子

（收錄在《沉舟記：消逝的字典
（2017年，南方家園出版）》）

雷豪雨

買下了早冬給初秋
他說這沒什麼
有時他也會買下
冰河時期
送給地球

牧雲人

牧雲人把烏雲
趕往北方
奔波的雲群沿途
生下無數水窪
只為讓草拉長
他的影子

一個靜止的時刻

在一個靜止的時刻
水橫躺杯中
透亮地蒸發著
熱氣早已不在
在那個時刻靜止
物件已聾了
但不是真的聾了
它們在等鈴響
星星打來的電話
星星按下電鈴
的那一刻
令一切靜止
水追逐著乾涸
在那個靜止之中
在那個靜止的時刻

有一則未讀訊息在
像一個紅色的痘瘡
在臉書上

劃手機螢幕

是流星
是隕石碎片
是紙白星際中
迷惑潛行
一枚枚指紋
在乙太
試著點火
勾拉字的尾巴

溫柔

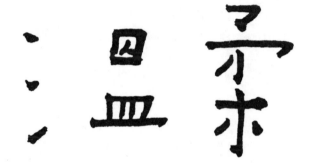

對貓咪來說
不打擾是妳／你的溫柔
對狗勾來說
打擾是牠的溫柔

兩人對坐喝茶

兩人對坐喝茶
小貓跳上桌
對書簿摩蹭下巴
書簿掉下去了

對相機摩蹭下巴
相機掉下去了
對塩罐摩蹭下巴
塩罐掉下去了
對菸草袋摩蹭下巴
菸草袋掉下去了
對茶包摩蹭下巴
茶包掉下去了
對毛筆摩蹭下巴
筆墨盒掉下去了
小貓舔舔手掌
自己也掉下去了

躲雨的粽子點心

糯米竹葉香
花生鹹蛋黃
腴豬一塊
香菇一朵
唇齒再三吮味
手指黏黏
想要
再黏住一個

剔牙

1頓飯的精華
在齒縫裡
每次剔牙
那種飽足
總是讓我不好意思

細細刷牙
慢慢洗澡
好好睡覺
靜靜生活

晚安
夢到我

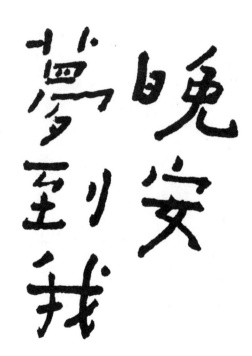

醫師說肚子裡有沼氣

一杯咖啡
一塊全麥饅頭
一碗鍋燒意麵
無數的水
身體微微發抖氣喘

流鼻水
腦空
想睡也 753159
乾嘔欲吐

無題

甚至開始相信
陽台牆上的影子是我本人
灰色，尖頭，身軀兩側
有1對旋轉扇的翅
它們靜止直到轉個沒停樣

甚至開始相信
1日出門12小時是正確不過

1杯黑咖啡或1沖的茶
無數的水補盡吧台

甚至不相信
單曲只是單曲磚
重重的
放在伊的角
動不得彈

甚至不相信
可不可以的問句。
最好是
1對輕絕症。

把太空讓給船

一千萬次助跑
並不為起飛
或軌道測試
是在鍛鍊著什麼呢
定點折返的耐性嗎
還是忍住了什麼欲望
比如把太空讓給船

鳥並不帶便當
牠眺視土地
田野是牠的飯
牠波音飛行
空姐是牠的小菜

月朗晴空
艷色花簇
貓步蟲蟲
狗語旺旺

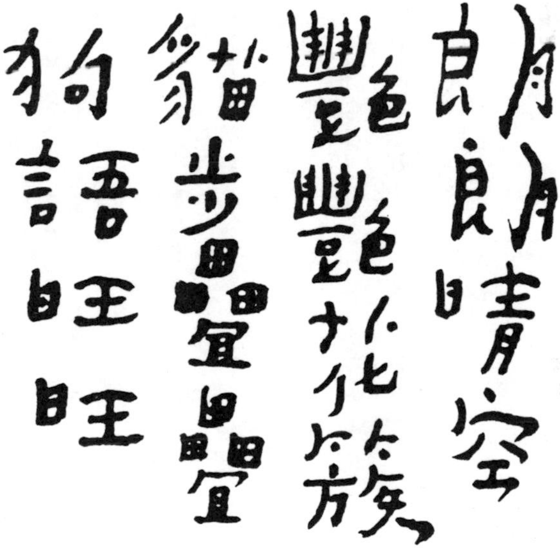

冬天

冬天是一隻神氣的鳳頭鸚鵡
站在島的肩上理毛
搧下雪白的髮蠟
再把油頭梳上
斜睨萬家炊火
燒茶暖被

蚊香

綠色的革命軍我對你敬禮
你將意志
燒成螺旋狀白骨
前仆後繼的渦紋教人迷
亂世裡點起你
就香

間歇的雷雨

我想妳是故意的
地面上
人群只能抬頭遠望妳
張開手也遮不住妳
妳給熱辣的驕陽
或者妳
無情地倒水

雨天最怕
衣曬不乾
以及踩到蝸牛
最喜見您
在大街上淋浴

無題

遠在同1個城市的
嘿 ni在做什麼呢

啖 1口酒
1片燒1夜干
筷子1—3對
ni的坐姿端端

ni還是那麼愛笑嗎
我沒電了的
不即時毛筆還在
ni未曾見過的
書桌上

病懨的墨硯
研著我不想凋萎的
紙不下筆
裁好的春豔紅
太熱了 齁

把野給ni
把夜給我
把葉給ni
把頁給我

這就好。

無題

洶湧而來
澎湃的堵塞感
軟木斷裂在瓶頸

以叉去取夾
用餐刀去刺入
瓶身聞風

笑語
是遠緲的
一枚買不起的鑽
以碳
塗抹自己的臉
讓眼睛顯得析析發亮

做了一個遊歷的花園
卻不能用代幣賞析

理想的花籽 吹向遠方
落在護花的草原

二〇一七
〇一〇三

致我的朋友，願你　與病和諧

不想送給你感傷
想給你一點
灰塵
散在手心中央

一點腐朽的枯燥
薄脆的葉子
被時間的輪椅碾過

還是那麼爽朗的笑
在記憶裡你手插著腰
沒有難倒你的
這一次也不會

你的臂肌已經準備壯起來
我想給你一把扇子
下次見面的時候
會是夏天
我們搧風說話
把熱的不好受的
一股掃去

而我們
都是塵埃

自拍

他們在自拍
她移了座位坐到中間
他把手機設定好

他們放下湯匙
對著鏡頭
再來一張
又拍了一張
再拍了一張
鏡頭以各種角度
吃掉了他們

客運車停在
草坪後方
野餐
小汽車也過去
湊熱鬧

樹蔭變得好小
遮著車的眉毛

二〇一七
〇九〇八

事緩
則圓

貓肥家潤

暗下來的太陽

暗下來的太陽
去哪裏了呢
綢住了嗎
她的睫毛
低低垂下

金星合月

金色的星星
和月相遇
你們合在一起
多美麗
像戒指

如果有一件浪費

是深夜裏重要的事

夜沖茶
鐵壺燒鑄1則
掛心而不書的句子

盤腿於長椅
托腮望字挽袖
獨飲

輯二

空出一片衣襟
我愚蠢的心

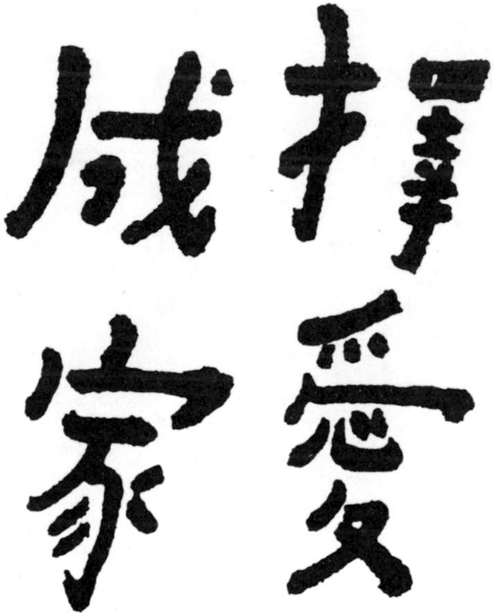
擇愛
成家

從此两人变新新
躺新枕蓋新被
一起做很美
春天的夢

妳坐著不要動

我喜歡方向盤
更渴望看見方向
我喜歡速率表
更渴望計算航距
忽然遠 時常近
妳坐著不要動就好了

我愛自己也愛她
愛她也多過自己我會死
愛自己多過她也會死
但是不會
選擇不愛

每個禮拜

都跟妳結婚一次

牽手走在
倒完垃圾回家的路上
背景音樂少女的祈禱
喔彷彿結婚進行曲
每個禮拜
都跟妳結婚一次

愛慕

貓頭鷹你那樣
的豎姿
仿1對耳姿
貓頭
你那樣
夜不寐
為了我嗎
你是錯的我
是我是錯的
你是你是愛的
我是我是錯的

我愚蠢的心到了
冬天特別笨
春天到了或許會
好一點
拜託

發情的橡皮筋

看一個影子
射一個彈子
多苦惱我的神經
一條東拆西扭
發情的橡皮筋

妳比詩更趨近一首
小說我的輸入法尚
不通透忙於背
誦

妳的脾氣比
散文像一闕詞
適於吸呼是
空氣的一部

拖鞋夜遊

盛大的愛
在盛大的夜晚
甚小地
炸開1朵水鴛鴦

妳說妳在床上睡著了
我說我好像喜歡上什麼了
車子在電話線卷
繞個不停
繞個不停
在晒夜景啊
還能為妳做什麼

不能
在1起地
永遠在1起

妳說
這是妳第2個20歲
不可以遺憾

妳說妳告白了
是
1個女子向另1個女子訴愛
正式地流淚
愛情這麼艱澀

妳們不會走在1起
這是告白前就知道的結局
妳們笑忘今晚
輕輕碰撞酒杯
喝下言語

未來的未來
限定性地
沉默立體了起來

我很好　妳好嗎

我很好
妳好嗎

很多過去的事
我都不記得了
抱歉謝謝
全部都不對妳說

再點也是pinki 3種口味
唱100遍，讀妳3句便闔上
這是我的求生之道

我很好
妳好嗎

醒著怎麼辦
會不會又把
妳寫過的字
翻出來再讀
那是比夢
更可怕的
務實的妳

我很好
妳好嗎

是夢過幾個妳
發現是妳
趕快忘記內容

夢是最煙囂危險的
對夢放火
燒個乾淨
就再也沒有人
可以從我身上
問出妳什麼

媽媽
母親節快樂

為媽媽搥背
我可以搥很久
從她指定的酸痛部位
到她要的力量強弱
我跟隨著

我的按摩院開在客廳
每天等待收攤後
洗完澡
鬆鬆疲憊
有著香皂味道的媽媽

今天下午
烏雲開了一場玩笑
厚厚的雨　落在遠處
想起你離開的那天
我在農舍的紗窗旁
看著雨接電話；
寫給父親

在雲的後面放煙火
雷聲悶沉如咳
在夜的後面點菸
菸屁股　配一記閃電
可是你？
新款式的地球人
住在外星

想念你的時候　可以做什麼？
盼望能再見到你
在你面前　寫一首詩給你
寫在農田的稻作上

我可有長成你
會叨叨唸的成人
而你常出現在我夢境
我們保持著聯絡
沒有更新近況的問題

院子裡的秋千
我把它寫成了一本
薄薄的散文集

寫完以後的人生
每天都小口呼吸著
呼吸面對著
到現在
還是每天都想寫

日子無聲無息
10張一束地出貨
打包　寫寄件條
郵遞　點款
變成了
沒有埋怨的那種人

貓咪的520

今天之後
貓咪在家
我在家
不1樣了

１人１貓
各自１把椅子
我喝杯子裡的茶
牠喝杯子裡的水

有１件事
是１樣的
牠身體裡的晶片
寫著
我的名字

笨蛋人留

笨到
１直去健身
運動完
便飢餓得
吃了
１大堆書
示愛

笨到
寫下情書
無法署名
是誰
在愛

霓虹燈下寫詩

好幾次愛上妳
愛上不可計數的心動
這是深藏內心的秘密
在條通等待
天天愛上
天天分離

天天愛上
天天分離

減愛擔

我想妳是對的
像兩個單身一起
不是要自由

要平等
要曾經有過的
再回
回到妳也可以
安然無事忙
我也可以
用輕鬆的呼吸
發呆和失眠

自己是自己的老闆
再補假自己
就好

第一次夢到妳

前天是我第一次夢到妳
那麼直接
不知道以後怎麼辦
是不是夢裡
就不給妳衣服穿了

我會假裝沒去過

森林裡一棵樹倒下
如果沒有人聽見
它就不會發出聲音

昨夜我去過妳的地方
如果妳發現了
我會假裝沒去過

在別人身上　看見愛情電影

妳給仙人掌澆水
把掌上的針尖
一一拔除

仙人掌相信了妳
交出身上所有的刺

直到他無害
像1個光禿禿的姓氏

妳分株
再栽1盆
而妳的手心自此
長滿了刺

妳不要再想痊癒的事了

枱燈灑下一片金色的海
妳手忙腳亂忙著擦汗
鱗片這麼溼
啊被感冒撈起的人魚
碰巧我是個庸醫
妳就不要再想痊癒的事了

從一種甜蜜的摟
抱到另一種加倍甜
蜜的摟抱

世足賽

妳那裡傳來的聲音
好像世足賽開播
我想看妳穿短褲
在操場上跑來跑去
踢不到球的樣子
我想接住妳踏丟的鞋子

星期五的晚上

周末即將開始的晚上
這麼適合
我們應該見面

我會給妳一個小小的擁抱
溫度正好
一個水煮
溏心的雞蛋

輯三

找了一塊手帕——書寫後動物的感傷

書寫後動物感傷

我們像當年一樣安靜
暗巷道別
不提愛也不提
曾經活過了哪些
我們以為老是一種前進
站在末日離去的象限中
無盡地安靜

附錄

打過電話給妳
長長的沈默
長長的
喉嚨出不來的
句子
使我懊惱

我喜歡妳
不讓自己累

將自己浸入
撒了海鹽的浴缸
篩選記憶

一定有一些
鹹的畫面
妳忍住了刺痛
拿起鏡子
看著眼睛下緣
可知道
妳的憂慮
也憂慮著妳

在邱妙津墳前寫詩

沒有一個人
適合孤懸在
天空的角角
回不了家
每顆星星
都有自己的座標
從天上到手指

我們應做的

在車上享用我應得的死。
死前我抽過菸，喝蘋果汽水，
保持呼吸，戴上墨鏡。

死亡的感覺逼近我就沒什麼好求饒的，我求條死，讓它死，讓我與枯同死。雜沓的正步踢來踢去，她們知道我正在死。

抱持有動能的活著

但沒有失去敏感

逝去
大概就是這樣子吧

1

在遊艇上
找自己的歡愉
找到許多
不必追憶的
去過

在遊艇上
海浪切片側鋒
畫一個蛋糕
鋪滿白色奶油

沒有人生日
沒有為了誰而買
慶祝日而為日
下午不該
破費

2

妳看我
妳只是看我一瞬電
一瞬電的代價
是一度嗎

一度
我以為我欠妳的
都還了

一度我背著妳的
一度我背離妳的
我都將包伏它
匍匐前

不用為敲醒鐘
敲就敲
我的喪鐘吧

對靈魂100個疑問

靈魂是冰冰涼涼的
有乾冰煙幕嗎

靈魂可以吃嗎

靈魂會不由自主地禱告嗎

靈魂有影子嗎
剪下來的影子可以重疊起來
和很多靈魂交黏在一起嗎

靈魂有父母親嗎
也是別人的父母嗎

靈魂會在離開的時候
留下分裂的靈魂在身體裏嗎

靈魂是屬日還是屬夜的呢
它會發亮嗎
耐磨嗎
鋒利嗎

接近過死之後
它會離死遠遠的嗎
它會從內在崩解嗎
它是意識嗎

如果靈魂會飛翔
造夢是另一個真實嗎
靈魂是身體的容器或
身體是靈魂的容器呢

無題

情緒的擴張
理智畫線
墨陡
筆徑書走
寫我的奈何
瞧

虛實

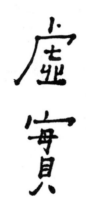

抓緊是放開的虛

放開是抓緊的實

在空間中寫字是虛幻

在空氣中寫字是夢患

我只微笑
2分鐘，
再把自己
裝束起來

在谷底了，
我跟自己說，不會再差，只會好轉，

眼前的每1刻
都是正時轉向稍好的那1面，
肉眼不可視見的1小格，
記住這個感覺，把卡榫旋穩，
如果坍崩瓦解，
我可以憑著印象再拼湊1次，
再拼湊1次，
再1次。

早晨的自我反省

好像回到1段時序，起床後就癡癡地坐在客廳思考為什麼和該怎麼的改變。**勤奮是1種催眠，以為在腦子裡沸騰過的，就可以讓眼前得到希望。這是1種未經成熟的求救吧。**

因為所有的想法除了証明自己可以想，並不代表自己的實踐是正確的，自己的時間還如秒針在走動，每1針都在刺痛自己所想和所寫。這是多年後我反省到自己絕對不能以擅長之事，擅自定義的1點體悟。

曾多次在醫護的提醒下絕對不能斷藥，這1點我做到又忘記，1點點進展就讓人放棄堅持自我照顧，這和同樣有自己病灶卻固定住自己、保護著自己的人，是天壤的差別。本人害怕之事本人也該反推求他人，是不是可以告訴我，您的堅強絕對不是沒有源同與勤奮地自我對抗？是的，所有都是由1個人所想，另1個人去拆解生活中（註1），微小的引線**（絕對不要當1個炸彈，絕對不要在當下自己爆炸自己的懂和無禮地**

笑出聲響，絕對要知道自己，自己底世界極微小）。

然後有1個聲音會出現，跟我說，打掃，用掃除去除掉障礙自己的磨練。今天有今天可以完成的小點磨練，明天也1定會有明天的。只能堅持磨練，怠惰的時候看著自己怎麼了？是不是什麼地方沒有處理到，是不是冒犯了什麼，跟人事時地物數道歉，停下來聽1聽環境，也放在心裡，再聽聽遠方的聲音，再停下來感覺自己能不能重新智性地打開自己，去和心中的魔鬼交涉。因為人的自心總有1個魔鬼日夜訪著你／妳。

還是都不行，我們就堅持再打掃。除了環境會因為自己的勤奮而變，環境也會使我們得到另1種相異詩的美，相於詩。這是著手收拾1張餐桌後的靜。

＊註1：為了思想與存／做事物的自我的分裂。

輯四

拾起一片白紙
迷路的詩

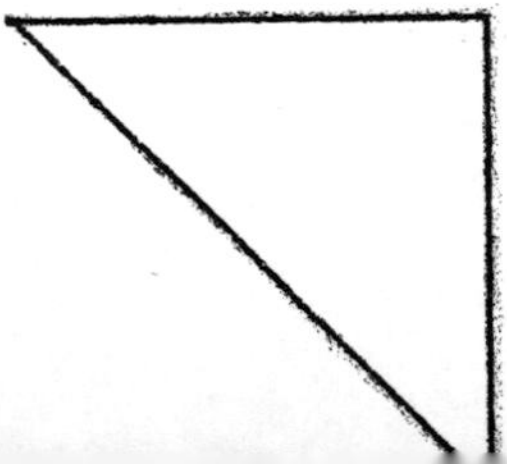

孤獨的棠樹生於道左
猶之乎我這個孤獨
的人

很希望君子能惠
然來遊　如果他來
我必以飲食款待他

（寫給自己，取自《詩經·國風·有杕之杜》釋義）

迷路的詩

遺失了一首詩
在按下發佈鍵的同時
遺失了某些情緒
反覆按了幾次更新
它並沒有再現
徹底遺失
在臉的夾層
就失去吧
就失去吧

構句間停筆

周旋在一浪句子之波
抬頭看到四面
我並沒有淹沒啊
跟旁邊的人一樣攀著杯
小口啜進咖啡的汁液

二〇一七 〇四〇五

咖啡是怎麼變成詩的

有一個人問
一頓午餐
一段騎車的路
一顆切開的柳丁
一瓶水
一塊香皂
一雙眼睛
一條手環
有一個人問它們是怎麼變出詩的
它們為什麼沒有出現在我這裡
疑惑地看著詩
疑惑看著我

詩看那個人
詩看著詩
詩不回答我
它是它自己的嗎
它從來都不是一個人的嗎
它是它在某一處
透影在天空中的嗎
食物
對話
動物
人
它們彷彿也想改掉自己的讀音
但是我不這麼認為
彷彿只有我這麼認為

腦中有詩

腦中有詩，
多巴胺是很豐富的，
浸泡在多巴胺的自我感覺本良，
一切眾生喧嘩也不怕，
顛倒過來，
鬧吵成為原始素材，
樸質而善，
便源源沽沽地取用它，
陶醉自己。

這是為
永續環境
而寫的詩
寫給
台灣土地的
情詩

展翅的鳥兒
眺望季風
雨水打濕牠的羽毛
瑟縮在樹間躲避颱風
撿拾枝葉築巢產卵
低頭在稻田和清水間覓食
叼回食物哺育雛鳥
1代1代
飛翔是牠的本能

不如

寫詩給政治不如

寫詩給正妹

寫詩給正妹時
覺得政治很遠
寫詩給政治時
覺得正妹更遠

（改自顧城《遠和近》）

在臉上寫詩；
在派對讀詩

你的眼睛不停地掉出
詩句，乾乾的，黏在
電腦屏幕上彷彿很
纖閒……。那些因詩認識
的事和人，圖層般
覆蓋，長出無數張臉，
在你臉上。

鏡子容許的假像

譬如：詩的第一個字
我開口說
「請你給、」
再接不下去
未說之事久積
多生了汙垢
又譬如：下不了的決心

寫的時候，想畫圖
白紙攤平，又想赤足走向你
跑向門，繼想你早已反鎖
時鐘的套繩
制伏我
逼我現出老態

但，鏡子
質材坦白的性格
假冒真理的病理學家
說黑說白
我無能稱憂鬱作嗜好
我總輕信耳語
與命運

夢嘟

夢很輕
走進夢的首先
讓自己
變得
像夢一樣

妳
是
自
己
的

夜夢梵谷
喔我怎麼不想
失去我的耳朵呢
我聽過的句子
它們
我不想失去

即使對這個時代而言
我的墨只是黑色的蚊子血

被擊斃之前
也要深深地咬你一口

記違憲

今夜
地球人口結構如常
生理的鳥語
心理的鯰魚
跟零時的點亮
一樣暗茫茫
一樣滴答滴答

鐘提撥了一點柔慈
許這雨夜結束
留一段稜射彩虹

求生的過程
呵呵無盡的
修行
吾言

積極震動翅膀

確認您的族譜
不因我汙漬
您家鄉樹根
不因我截斷水分
托著您鮮花臉頰
一對盔甲大手
不因我失溫
確認我可以騰空
對您取蜜
那麼像深詠的一個遠
那麼淺像隨時離開
我與地球的關係
是一段小心翼翼的交往

輯五

自帖——一起孤獨

自

帖

我喜歡寫詩
我害怕不幸
我喜歡詩的時候
我害怕寫完
回到地表

我喜歡寫詩
我害怕不幸

不知道什麼事會找上我
我害怕寫出
我害怕寫不出
而我終究是無法去抗拒不幸

一起孤獨

那些我的痛苦

有些人讓我痛苦
但我選擇不說
我以為痛苦可以孵化
我等了很久
並沒有發生
苦的味道嚐起來
像酒
我總是
一再地續杯
我想捧場
為今晚的吧檯手
喝掉庫存技藝

我發現痛苦
不能為自己停止
一個延音
在鋼琴的琴腳
是那麼優雅
我的痛苦不是這樣
它讓我急
像是失火的頭髮
我拍打
它燒得熊熊
要把我燒個精光

我哼著痛苦的頻率
低低的
耳鳴噪音不過
如此而已
而痛苦被我哼著
做不出一首曲
是我最難過的
我只懂得敘述
我欠缺押韻

我在痛苦中
體會到的
是我常常要捂住嘴巴
不謹慎小心
它就要脫口而出
我就會
加倍奉還

我在痛苦的霸凌下
漸漸地長出一個
假面
使我不至於逢苦
就嘆氣了

我是不會為了誰
交出我的痛苦
為了跟痛苦保持聯絡
我不惜笑著
我笑成一朵玫瑰
不要撫摸我的痛苦
它會使人
長繭

被愛
包圍

夢見布萊德彼特

夢待我不薄
總在不經意的時候
夢見誰

跟她講一點話
煎熟的日子
也變得酥脆美味
前幾天夢見
布萊德彼特

一心保齡球

多希望妳
擊倒我
讓我跟其他瓶子
一起躺下

這樣的一擊
使我感到幸福
使我在通道裡滾動的時候
心滿意足旁若無人地重新站立
一心保齡球

我要在上風處
做一個寫詩的動作

（原出處是余光中「請莫在上風的地方吸煙／因為有人在你的下面……」，改自陳令洋）

蛀牙

細細刷好的一口牙
還是蛀了
可能夢裡
對妳
太甜口

只要一小片風

高熱、缺水、停電
病毒與死亡
以上任一都足以
構成地獄是嗎？

可能是！可能使人
不快樂但活著嗎？
對！但是只要一小片
溼潤的風吹來，
地球又更新了一次
我們便快樂了

噴嚏

冠狀病毒
入侵手機詞庫
呼吸小心
洗洗先手小心
世界縮得很小
一個噴嚏也會打出字

豹

如果世界對妳出豹
妳就抱回去

海一層一層地
剝開自己
只因風
吃不到她的心

白紙

攤開一張白紙
把妳寫進去
妳就永遠地
被自由的人閱讀

很台很台的事

自從LED之後
白天的廟和夜晚的
各有一種螢光色的迷幻
神明居住的人間
時代的建材
閃著未知的光

歲月
靜好

席地而詩【增章新版】

作　　者　何景甯 Ching Chwang Ho
責任編輯　鄭世佳 Josephine Cheng
責任行銷　朱韻淑 Vina Ju
封面設計　木　木 Lin
內文排版　譚思敏 Emma Tan
校　　對　葉怡慧 Carol Yeh

發 行 人　林隆奮 Frank Lin
社　　長　蘇國林 Green Su

總 編 輯　葉怡慧 Carol Yeh
主　　編　鄭世佳 Josephine Cheng
行銷主任　朱韻淑 Vina Ju
業務處長　吳宗庭 Tim Wu
業務主任　蘇倍生 Benson Su
業務專員　鍾依娟 Irina Chung
業務秘書　陳曉琪 Angel Chen
　　　　　莊皓雯 Gia Chuang

發行公司　精誠資訊股份有限公司　悅知文化
　　　　　105台北市松山區復興北路99號12樓

訂購專線　(02) 2719-8811
訂購傳真　(02) 2719-7980

專屬網址　http：//www.delightpress.com.tw
悅知客服　cs@delightpress.com.tw
ISBN：978-986-510-266-1
建議售價　新台幣450元
二版一刷　2023年01月

國家圖書館出版品預行編目資料

席地而詩【增章新版】／何景甯 著. -- 二版. --
臺北市：精誠資訊, 2023.01　面；　公分
ISBN 978-986-510-266-1（平裝）

863.51　　　　112000095

建議分類：華文創作，藝術書法

悅知文化 Delight Press

線上讀者問卷 TAKE OUR ONLINE READER SURVEY

如果世界對妳出豹
妳就抱回去

——————《席地而詩【增章新版】》

請拿出手機掃描以下QRcode或輸入
以下網址，即可連結讀者問卷。
關於這本書的任何閱讀心得或建議，
歡迎與我們分享 :)

https://bit.ly/3ioQ55B

寫詩給

寫詩給——

寫詩給——